LA
GRANDE BIBLE
DE
NOELS,
ANCIENS ET NOUVEAUX;

AVEC PLUSIEURS CANTIQUES SUR LA NAISSANCE DE
NOTRE-SEIGNEUR JÉSUS-CHRIST.

COMPOSÉS SUR LES AIRS LES PLUS CHOISIS
ET LES PLUS NOUVEAUX.

NANCY,
GRIMBLOT, THOMAS ET RAYBOIS,
IMPRIMEURS-LIBRAIRES DE L'ÉVÊCHÉ.
PLACE STANISLAS, 7 ET RUE SAINT-DIZIER, 127.

1839.

NANCY, IMPRIMERIE DE THOMAS ET Cie.

CANTIQUES

SUR LA NAISSANCE

DE NOTRE-SEIGNEUR.

Sur le MAGNIFICAT.

Un Ange ayant dit à Marie,
    Qu'elle concevrait Jésus-Christ,
Et que ce divin fruit de vie
Serait l'œuvre du Saint-Esprit;
            Toute ravie,
S'en va chez sa cousine, et dit:
Magnificat anima mea Dominum,
Et exultavit Spiritus meus.

Quand je contemple ce mystère,
Et mon ineffable bonheur,
Que je sois, dit-elle, la mère
De mon souverain Rédempteur;
            C'est un mystère,
Qui charme et qui ravit mon cœur:
In Deo salutari meo.
Quia respexit humilitatem ancillæ suæ.

Je me suis toujours conservée
Dans ma profonde humilité;
C'est pourquoi je suis élevée
A cette haute dignité,
            Si relevée,
Sans jamais l'avoir méritée.
Ecce enim beatam me dicent omnes generationes.
Quia fecit mihi magna qui potens est.

Dieu, qui peut tout, pouvait-il faire,
A mon égard, rien de plus grand

Que d'être ensemble Vierge et Mère !
Ô le prodige surprenant !
Je le révère,
Et j'en bénis le Tout-Puissant :
Et sanctum nomen ejus.
Et misericordia ejus à progenie in progenies.
Dieu voyant l'extrême misère
Où l'homme ingrat s'était réduit,
Il s'appliqua comme un bon père,
A chercher ce qu'il a produit ;
Peut-il plus faire,
Que de donner son divin Christ ?
Timentibus eum.
Fecit potentiam in brachio suo.
Il aime tous ceux qui le craignent,
et n'en perd pas le souvenir :
Mais les superbes le contraignent,
A son regret, de les punir :
Si les bons règnent,
C'est qu'il a daigné les bénir :
Dispersit superbos mente cordis sui.
Deposuit potentes de sede.
Nous voyons les Anges rebelles
Ressentir les coups de sa main,
Pour n'avoir pas été fidèles
Aux ordres de leur Souverain.
Monstres rebelles,
Il dompta votre cœur hautain.
Et exaltavit humiles.
Esurientes implevit bonis.
Nous étions tous dans l'indigence,
Aussi pauvres que ces esprits,
Lorsqu'ils perdirent l'abondance

Et les douceurs du Paradis ;
    Mais sa clémence
Nous enrichit de leurs débris :
Et divites dimisit inanes.
Suscepit Israël puerum suum :
  Recevons un Roi débonnaire,
Après avoir longtemps gémi
Sous le poids de notre misère,
Sous le joug de notre ennemi ;
    Il vient en père,
Et porte la paix avec lui :
Recordatus misericordiæ suæ.
Sicut locutus est ad Patres nostros.
  C'est pour accomplir la promesse
Qu'il avait faite à nos parents,
Qu'il viendrait bannir la tristesse
Et les ferait participants
    De ses richesses,
Et qu'il ferait grâce en tout temps :
Abraham et semini ejus in sæcula.
Gloria Patri, et Filio.
  Ne perdons jamais la mémoire,
Ni l'estime de ses faveurs ;
Si nous remportons la victoire
Sur les ennemis de nos cœurs,
    Rendons-en gloire
Au Père, au Fils mêmes honneurs :
Et Spiritui Sancto.
Sicut erat in principio et nunc et semper :
Si Dieu n'a pas commencé d'être,
Etant de toute éternité ;
Si dans le temps il veut paraître,
C'est son ineffable bonté

Qui l'a fait naître,
Quoique Dieu dans l'éternité :
Et in sœcula sœculorum. Amen.

Noël sur l'air: *Quand notre bon père Noé.*

QUAND Dieu naquit à Noël,
Dans la Palestine,
L'on vit, ce jour solennel,
Une joie divine :
Il n'était ni petit ni grand
Qui n'apportât son présent,
Et no no no no,
Et frit frit frit frit,
    Et no no,
    Et frit frit,
Et n'offrit sans cesse
Toute sa richesse.

L'un apportait du gâteau;
Avec un grand zèle;
L'autre un peu de lait nouveau,
Au fond d'une écuelle ;
Tel sous ses pauvres habits,
Cachait un peu de pain bis,
Pour la la la la,
Pour la sain sain sain sain,
    Pour la la,
    Pour la sain,
Pour la sainte Mère
D'un Dieu débonnaire.

Joseph, père nourricier
De Jésus mon maître,
Que chaque particulier

Désirait connaître,
D'un air obligeant et dou x
Recevait les dons de tous ,
Sans cé cé cé cé ,
Sans ré ré ré ré ,
Sans cé cé,
Sans ré ré,
Sans cérémonie,
Pour le fruit de vie.

Il ne fut pas jusqu'aux Rois
Du rivage Maure,
Qui joints au nombre des trois ,
N'y vinssent encore :
Ces bons Princes d'Orient,
Offrirent, en le priant,
L'en l'en l'en l'en l'en ,
Cens cens cens cens cens ,
L'en l'en l'en,
Cens cens cens
L'encens et la myrrhe,
Et l'or qu'on admire.

Quoiqu'il n'en eût pas besoin ,
Jésus notre Maître ,
Les reçut tous avec soin ,
Pour faire connaître
Qu'il avait les qualités
Par ces dons représentés ,
D'un vrai vrai vrai vrai ,
D'un Roi Roi Roi Roi,
D'un vrai vrai,
D'un Roi Roi,

D'un vrai Roi de gloire,
En qui l'on doit croire.

Plaise à ce divin Enfant
Nous faire la grâce,
En son séjour triomphant,
De nous donner place ;
C'est dans cè lieu qu'à jamais,
Nous goûterons une paix
De long long long long,
De gue gue gue gue,
De long long,
De gue gue,
De longue durée
Et bien assurée.

Description de l'entrée de la sainte Vierge et de saint Joseph à Bethléem, et du refus de les recevoir.

Sur l'air : *Or nous dites Marie.*

Saint Joseph. Nous voici dans la ville,
Où naquit autrefois
Le Roi le plus habile,
Et le plus saint des Rois.
La sainte Vierge. Élevons la pensée
A Dieu qui a conduit
Nos pas cette journée ;
Je vois venir la nuit.
Saint Joseph. Quelle reconnaissance
Pouvons-nous rendre à Dieu,
De la sainte assistance
Qu'il nous donne en tous lieux.

La Sainte Vierge. Offrons nos corps, nos âmes
    A notre Créateur,
    Et allumons des flammes
    D'amour dans notre cœur.

Saint Joseph. Allons, chère Marie,
    Devers cet horloger,
    C'est une hôtellerie,
    Nous y pouvons loger.

La sainte Vierge. La maison est bien grande,
    Et semble ouverte à tous;
    Cependant j'appréhende
    Que ce n'est pas pour nous.

Saint Joseph. Mon cher Monsieur, de grâce,
    N'avez-vous point chez vous
    Quelque petite place,
    Quelque chambre pour nous.

L'Hôte répond. Pour des gens de mérite,
    J'ai des appartements,
    Point de chambres petites,
    Pour vous, mes bonnes gens.

Saint Joseph. Passons à l'autre rue
    Que je vois vis-à-vis,
    Tout devant notre vue
    J'y vois un grand logis.

La sainte Vierge. Aidez-moi donc, degrâc e,
    Je ne puis plus marcher;
    Je me trouve bien lasse,
    Il faut pourtant chercher.

Saint Joseph. Ma bonne et chère Dame,
    Dites, n'auriez-vous point
    De quoi loger ma femme
    Dans quelque petit coin.

L'Hôtesse. Les gens de votre sorte

Ne logent point céans ;
Allez à l'autre porte ,
C'est pour les pauvres gens.

Saint Joseph. Parlez , ma bonne Dame,
Ne me pourriez-vous pas
Loger avec ma femme
Dans un lieu haut ou bas.

L'Hôtesse. Hélas ! je suis marrie,
Monsieur, de n'avoir rien ;
Ma maison est remplie,
Et vous le voyez bien.

Saint Joseph. Mon bon Monsieur , de grâce,
Ne nous refusez pas ;
Ou quelque chambre basse,
Ou quelque galetas.

L'Hôte. J'ai bonne compagnie,
Dont j'aurai du profit;
Je hais la gueuserie,
C'est tout dire , il suffit.

Saint Joseph. Auriez-vous, Monsieur l'Hôte,
Maître de l'Arbre vert,
Quelque grenier ou grotte
Pour nous mettre à couvert.

L'Hôte. Dans un coin sur la paille ,
Avec tous les valets
Et toute la racaille ,
Si vous voulez, allez.

Saint Joseph. Voyons le Cheval rouge,
Madame de céans,
Avez-vous quelques bouges
Pour des petites gens.

L'Hôtesse. Vous n'avez pas la mine
D'avoir de grands trésors;

Voyez chez ma voisine,
Car quant à moi je dors.

Saint Joseph. Monsieur des trois Couronnes,
Avez-vous logement,
Chez vous, pour deux personnes;
Quelques trous seulement.

L'Hôte. Vous perdez votre peine,
Vous venez un peu tard;
Ma maison est fort pleine,
Allez quelqu'autre part.

Saint Joseph. Et vous, Monsieur le maître
De ce joli Figuier,
Pouvez-vous point nous mettre
Dans un coin du grenier.

L'Hôte. Des quartiers de la ville,
C'est ici le plus plein,
Et c'est peine inutile,
Que d'y chercher en vain.

Saint Joseph. Monsieur de la Montagne,
Ne recevez-vous point,
Des gens de la campagne,
Qui viennent de fort loin.

L'Hôte. Loin ou près ne m'importe,
Retirez-vous d'ici,
Je veux fermer ma porte,
Et dormir sans souci.

Saint Joseph. Monsieur du Pain céleste,
Auriez-vous, par hasard,
Quelques chambres de reste,
Ou quelque coin à part.

L'Hôte. Voilà de nos bons hôtes,
Dont nous aurons grand gain,

Avec un pied de crotte,
Vous reviendrez demain.

Saint Joseph. Monsieur du très-bon Guide,
De grâce logez-nous,
Dans quelque chambre vide,
Ou quelque coin chez vous.

L'Hôte. Nous n'avons point de place.
Nous coucherons, sans draps,
Ce soir sur la paillasse,
Sans aucun matelas.

Saint Joseph. Monsieur, je vous en prie,
Pour l'amour de Dieu.
Dans votre hôtellerie,
Que nous ayons un lieu.

L'Hôte. Cherchez votre retraite
Autre part, Charpentier,
Ma maison n'est point faite
Pour des gens de métier.

Saint Joseph. Monsieur du Bout-du-monde,
Peut-on loger chez vous?
Avez-vous tant de monde
Qu'il n'y ait lit pour nous.

L'Hôte. Ni lit, ni couverture;
Vous courez grand hasard
De coucher sur la dure,
Je vous le dis sans fard.

Saint Joseph. Et vous, ma chère Hôtesse,
Ayez pitié de nous,
Sensible à ma tristesse,
Recevez-nous chez vous.

L'Hôtesse. Je plains votre disgrâce,
Et je voudrais avoir

Quelque petite place,
Pour vous y recevoir.

Saint Joseph. En attendant, Madame,
Qu'autre part j'ai vu,
Permettez que ma femme,
Chez vous, repose un peu.

L'Hôtesse. Très-volontiers, m'amie,
Mettez-vous sur ce banc;
Monsieur, voyez la Pie,
Ou bien le Cheval blanc.

L'Hôtesse à la sainte Vierge.
Excusez ma pensée,
Je ne la puis cacher,
Vous êtes avancée,
Et prête d'accoucher.

La sainte Vierge.
Je n'attends plus que l'heure,
Non, je n'ai plus de temps,
Et ainsi je demeure,
A la merci des gens.

L'Hôte appelle sa femme
Viendras-tu, babillarde,
Veux-tu passer la nuit,
Te faut-il être en garde
Sur la porte à minuit.

L'Hôtesse à la sainte Vierge.
C'est mon mari qui crie,
Il faut me retirer :
Hélas ! je suis marrie,
Qu'il nous faut séparer.

L'intermédiaire. Dans l'état déplorable
Où Joseph est réduit,

Il découvre une étable,
Malgré la sombre nuit.

C'est la seule retraite
Qui reste à son espoir :
Ainsi plus d'un Prophète
Avait su le prévoir.

Son âme est attendrie,
Quand il songe en quel lieu
L'innocente Marie
Doit enfanter son Dieu.

Quelle douleur amère
Pour un si tendre époux;
Seigneur, votre chaste Mère
Mérite un sort plus doux.

L'heureux instant arrive,
Où naît le Dieu vivant :
La nuit semble attentive,
Tout se tait, jusqu'au vent.

Mais l'air que l'on respire,
S'échauffe à son aspect ;
Ce tendre Enfant inspire
L'amour et le respect.

Jésus-Christ naît à peine,
Qu'on voit des animaux
N'employer leur haleine
Qu'à soulager ses maux.

Joseph couvre de langes
Le corps de son Sauveur,
Tandis que les saints Anges
Célèbrent sa grandeur.

Que chacun de nous réponde,
Disent ces purs esprits,

Pour racheter le monde,
Dieu livre son cher Fils.
Objet de sa tendresse,
Mortels, vivez en paix,
Du malheur qui vous presse,
Vous sortez pour jamais.

Noël sur l'air : *O Filü et Filiæ*.

Si Dieu vient au monde aujourd'hui,
Courons tous au-devant de lui,
Et chantons d'un air solennel :
　Noël, Noël,
Noël, Noël, Noël, Noël, Noël, Noël,
　Quoiqu'il ne soit qu'un pauvre enfant,
C'est pourtant un Dieu triomphant
Envoyé du Père éternel.
　Noël, Noël, etc.
　N'eut-il pas beaucoup de bonté,
De prendre notre humanité,
Et de naître un homme mortel?
　Noël, Noël, etc.
　Lorsqu'en l'étable on l'aperçut,
Pour Dieu peu de monde le crut,
Car il ne paraissait pas tel.
　Noël, Noël, etc.
　S'il fut reconnu pour Seigneur,
Ce fut seulement du pasteur
Qui vint chanter en son hôtel;
　Noël, Noël, etc.
　Trois Rois, avec beaucoup de soin,
Viennent aussitôt de bien loin,
Pour lui dédier un autel.
　Noël, Noël, etc.

Pour les conduire en ce saint lieu,
Par ordre de cet homme-Dieu,
Un astre parut un soleil.
Noël, Noël, etc.
Pour solenniser ce saint jour,
Qui doit nous enflammer d'amour,
Chantons ce cantique immortel :
Noël, Noël, etc.

Noël sur la CIRCONCISION.

Air : *Grand Dieu, vous avez bien voulu.*

Jésus après huit jours précis,
Est porté dans le Temple ;
Il y veut être circoncis
Pour nous servir d'exemple.
Quelle profond humilité !
Cette pure victime,
Source de toute sainteté,
Subit la loi du crime.

Il prend le beau nom de Jésus,
Comme Sauveur du monde ;
Les enfers en sont confondus.
Le ciel, la terre et l'onde,
Tout fléchit à ce nom sacré ;
On le craint, on l'implore,
On adore sa majesté,
Du couchant à l'aurore.

Après le quarantième jour,
Tout mâle se destine
Au Roi de la céleste cour,
Telle est la loi divine :
On doit offrir deux pigeonneaux,
Ou bien deux tourterelles ;

On a choisi ces animaux,
Comme purs et fidèles.

Jésus au Temple est présenté,
Siméon, le saint Prêtre,
Reconnaît sa divinité,
Dès qu'il le voit paraître,
Par un avis du Saint-Esprit,
Ce trop heureux Prophète
Devait un jour voir Jésus-Christ :
Son âme est satisfaite.

Que son bonheur est plein d'appas !
L'agréable surprise !
En le serrant entre ses bras,
Ce vieillard prophétise :
Seigneur, dit-il, à mes souhaits
Vous venez de vous rendre ;
Je puis enfin mourir en paix,
Après un soin si tendre.

Mes yeux ont vu dans ce grand jour,
Le beau Soleil du monde,
Dont la clarté va tour à tour
Remplir la terre et l'onde,
Il vient sauver tout l'univers;
Et c'est par sa clémence,
Que nous allons sortir des fers,
En chantant sa puissance.

O mère d'un si cher Enfant,
Je prévois tes alarmes,
Il faut, pour le voir triomphant,
Qu'il t'en coûte des larmes :
Les démons, dans leur triste sort,
Nous porteront envie,
Car ton fils subira la mort,
Pour nous donner la vie.

Noël sur l'air : O ma tendre musette.

Écoutez bien l'histoire
D'un Dieu dans le berceau ;
Gardez-en la mémoire,
Il n'est rien de si beau ;
A ce sacré mystère
Songez à tous moments,
Chrétiens, de votre père
Lisez le testament.
　Le Ciel comblait la terre
De ses plus doux bienfaits,
Les horreurs de la guerre
Faisaient place à la paix ;
Par un édit d'Auguste,
Dans ce vaste univers,
On fit un compte juste
De ses peuples divers.
Son édit se publie
　Jusqu'à Jérusalem ;
Joseph avec Marie
Partent pour Bethléem ;
Dans un saint mariage,
Tous deux, en liberté,
Au Ciel faisaient hommage
De leur virginité.
　Marie était enceinte,
Son temps était venu ;
Joseph pâlit de crainte,
Sitôt qu'il l'eut connu :
Vers une hôtellerie
Ils s'avancent tous deux ;

Mais chacun se récrie
Qu'il n'en n'est point pour eux.

Quel état déplorable !
Joseph se voit réduit
A chercher une étable ;
C'était sur le minuit.
Son épouse sacrée,
Sans peine, sans douleur,
Dès qu'elle y fut entrée,
Enfanta le Sauveur.

Près de cette demeure
Dormaient quelques bergers ;
Un Ange à la même heure,
D'un vol des plus légers,
Fend l'air, il les éveille,
Et leur dit à l'instant :
Venez voir la merveille,
Que l'univers attend.

Un Enfant vient de naître,
Il commande en tous lieux ;
Pasteurs, il est le maître
De la terre et des cieux ;
Il est dans une crêche,
Ce lieu n'est pas bien loin,
Sur de la paille sèche,
Et sur un peu de foin.

A voir ce Roi des Anges
Chacun serait trompé ;
De misérables langes
Il est enveloppé :
Pour soulager sa peine,
Pour adoucir ses maux,

Il se sert de l'haleine
De deux vils animaux.

Ayant fait son message,
Cet Ange disparut ;
De bergers du village
Une troupe accourut ;
Ils vont droit à l'étable
Chercher ce nouveau-né ;
A sa vue adorable
Chacun s'est prosterné.

Que faites-vous, Marie,
Quand vous les voyez tous,
Laisser leurs bergeries
A la merci des loups?
Vous vous disiez à vous-même,
Comme tous les Chrétiens,
Pour voir leur divin Maître,
On quitte tous les biens.

Noël sur l'air : *Nanon dormait.*

QUITTEZ, Pasteurs,
 Et brebis et houlette,
Votre hameau
Et le soin du troupeau :
Changez vos pleurs
En une joie parfaite ;
Allez tous adorer
Un Dieu (5 *fois*) qui vient vous consoler.
Vous le verrez
Couché dans une étable,
Comme un Enfant
Nu, pauvre et languissant ;

Reconnaissez
Son amour ineffable
Pour vous venir chercher,
Il est (3 *fois*) le fidèle berger.

Rois d'Orient,
L'Etoile vous appelle ;
A ce grand Roi
Rendez hommage et foi ;
L'astre éclatant
Vous mène à la lumière
De ce soleil naissant :
Offrez (3 *fois*) l'or, la myrrhe et l'encens.

Gardez-vous bien
De passer chez Hérode :
C'est un menteur,
Un cruel, un flatteur,
Changez de train,
Il vous est plus commode
D'éviter ce malin :
Passez (3 *fois*) par un autre chemin.

Ce malheureux
Dit finement aux Mages
D'aller trouver
Ce Roi qui vient régner,
Et qu'après eux,
Il aura l'avantage
De l'aller adorer :
Il veut (3 *fois*) cet enfant massacrer.

Mères, craignez
Sa fureur et sa rage,
De sang baignés
On voit vos nouveaux-nés :

De tous côtés,
Quel horrible carnage!
La peur vous fait pâlir,
De voir (3 *fois*) ces innocents mourir.

Noël sur l'air : *Il pleut, il pleut, bergère.*

Un
Ange.
BERGERS, que l'on s'éveille,
Pour marcher sur mes pas,
Une rare merveille
Vient de naître ici-bas;
Faut-il que l'on sommeille,
Lorsqu'un Dieu ne dort pas?
Bergers, que l'on s'éveille,
Pour marcher sur mes pas.

Un Berger. Quelle voix importune
Vient si mal à propos,
Pour surcroît d'infortune,
Troubler notre repos :
Nous dormons sous la lune,
Le froid glace nos os,
Quelle voix, etc.

L'Ange. Vous sortez d'esclavage,
Le Ciel remplit vos vœux;
Vous aviez en partage
Le sort le plus affreux;
Sortez de ce bocage,
Soyez enfin heureux;
Vous sortez, etc.

Le Berger. Ah ! souffrez que j'achève
Mon sommeil précieux;
Mais quel éclat m'enlève !
Quel bruit harmonieux !

Je ne sais si je rêve;
J'ouvre pourtant les yeux;
Ah! souffrez, etc.

L'Ange. Commence à me connaître,
Et calme ton effroi;
Berger, tu vois paraître
Un Ange devant toi;
Mais un Dieu vient de naître
Cent fois plus grand que moi;
Commence, etc.

Le Pasteur. Le moyen que Dieu même
Puisse naître ici-bas?
Quoi! notre Roi suprême
Porte vers nous ses pas;
Ma surprise est extrême,
Non, je ne le crois pas,
Le moyen, etc.

L'Ange. Ecoute cet oracle
D'un cœur obéissant :
Si c'est un grand spectacle
Que l'Eternel naissant,
L'amour fait ce miracle,
L'amour est triomphant :
Ecoute, etc.

Le Berger. D'un bien imaginaire
Pourquoi me flattez-vous?
D'un Dieu juste et sévère
Nous sentons le courroux;
Notre coupable père
L'irrita contre nous :
D'un bien, etc.

L'Ange. Son heureuse naissance
Met fin à vos malheurs;

Son cœur plein de clémence,
Attendri par vos pleurs,
A calmé sa vengeance,
Pour cesser vos frayeurs ;
Son heureuse, etc.

Le Berger. O l'heureuse nouvelle !
Le Messie est donc né ;
Quoi, d'un père infidèle
Le crime est pardonné !
Quoi, l'univers rebelle
N'est plus infortuné !
O l'heureuse, etc.

L'Ange. Le beau feu qui l'anime
Peut-il aller plus loin :
Adam fit un grand crime,
Le Ciel en fut témoin ;
Il faut une victime,
Dieu même prend ce soin ;
Le beau feu, etc.

Le Berger. Il faut que je réponde
A cet excès d'amour,
Que sur la terre et l'onde
Je vole tour à tour :
Dans quel endroit du monde
A-t-il reçu le jour?
Il faut que je, etc.

L'Ange. Sans sortir du bocage ;
Tu peux en être instruit ;
Viens donc lui rendre hommage,
Un Ange te conduit :
Dans le prochain village,
Il est né cette nuit :
Sans sortir, etc.

Le Berger. Partons sans plus attendre;
Qui peut nous arrêter?
Ce qu'on nous vient d'apprendre
Doit trop nous exciter :
Pour voir un Dieu si tendre,
Il nous faut tout quitter :
Partons sans plus attendre, etc.

Noël sur l'air : *Je ne voudrais qu'une couronne.*

SILENCE Ciel, silence Terre,
Demeurez dans l'étonnement :
Un Dieu pour nous se fait Enfant;
L'amour triomphe en ce Mystère,
Le captive aujourd'hui ;
* Tandis que toute la terre,
Que toute la terre est à lui.   *bis.*

Disparaissez, ombres, figures,
Faites place à la vérité;
De votre Dieu l'humanité
Vient accomplir les Écritures :
Il naît pauvre, aujourd'hui : * Tandis que, etc.

A minuit, une Vierge Mère
Produit cet astre lumineux ;
A ce moment miraculeux
Nous appelons Dieu notre Père,
L'étable est son réduit :* Tandis que, etc.

Il n'a pour palais qu'une grange,
Couché dans de pauvres drapeaux,
Pour courtisans deux animaux;
Et c'est dans cet état étrange
Qu'il paraît cette nuit : Tandis que, etc.

En ce jour on voit l'invisible,
La grandeur dans l'abaissement;

La grande Bible.   2

L'Eternel, Enfant d'un moment :
Nous voyons souffrir l'impassible
Dans un petit réduit : * Tandis que, etc.

Glaçons, frimats, saison cruelle,
Suspendez donc votre rigueur ;
Vous faites souffrir votre auteur,
Gémir la Sagesse éternelle,
Qui tremble en ce réduit : * Tandis que, etc.

Venez, Pasteurs, en diligence
Adorer votre Dieu Sauveur ;
Il est jaloux de votre cœur,
Il vous aime par préférence;
Il naît pauvre aujourd'hui : * Tandis que, etc.

Noël, Noël, à cette fête,
Noël, Noël, avec ardeur,
Noël, Noël, au Dieu Sauveur,
Faisons de nos cœurs sa conquête;
Chantons tous aujourd'hui
Noël par toute la terre :
Car toute la terre est à lui.   *bis.*

---

*Noël sur l'*ADORATION DES ROIS.

Sur l'air : *Valdec, ce grand Capitaine.*

UNE Etoile singulière
Brille dans le firmament,
Trois Rois, pleins d'étonnement,
Veulent suivre sa carrière;
Ce bel astre les conduit
Par l'éclat de sa lumière,
Ce bel astre les conduit
Dans les ombres de la nuit.

En Judée ils arrivèrent,

Brûlant d'une vive foi,
Hérode en était le Roi,
Tous trois ils le visitèrent ;
En parlant d'un Roi nouveau,
De frayeur ils le glacèrent,
En parlant d'un Roi nouveau,
Qu'ils cherchaient dans le berceau.

Il assemble Scribes et Prêtres,
Pour apprendre quel séjour,
Le Christ qu'on attend un jour,
A daigné choisir pour naître ;
Bethléem est ce saint lieu,
A ce qu'ils font connaître,
Bethléem est ce saint lieu,
Selon les décrets de Dieu.

Il répond à ces Rois Mages,
Affectant un air joyeux,
Que le Christ venu des Cieux,
N'est pas né sur ces rivages ;
Qu'il est né dans Bethléem,
Qu'ils y portent leurs hommages,
Qu'il est né dans Bethléem,
Et non dans Jérusalem.

Revenez, dit-il, encore
Pour nous faire tous savoir :
C'est mon Maître ; mon devoir
Veut aussi que je l'adore :
Revenez en ce séjour,
Avant la dixième aurore,
Revenez en ce séjour,
Je dois vous suivre à mon tour.

Sans soupçon pour ce coupable,
Ils y marchent à grands pas,

L'astre ne les quitte pas ;
Mais enfin, chose admirable,
Ils s'arrêtent sur ce lieu,
Qui n'est qu'une pauvre étable,
Ils s'arrêtent sur ce lieu
Qui n'est pas digne de Dieu.

Par la foi qui les éclaire,
Ils y vont chercher l'Enfant,
Ils le trouvèrent en entrant
Entre les bras de sa mère ;
Par le plus profond honneur,
Ils s'empressent de lui plaire,
Par le plus profond honneur,
Ils adorent leur Seigneur.

Ils présentent pour hommages
L'or, la myrrhe avec l'encens,
Sur les Rois les plus puissans,
Ils lui donnent l'avantage ;
Qu'ils sont dignes, par ce choix,
De donner partout les lois,
Quoiqu'ils soient des Rois puissants,
Ils sont ici suppliants.

La nuit, le Ciel leur déclare
Que l'Enfant est menacé ;
Ils ont tous le cœur glacé
De l'horreur qui se prépare ;
Mais par un chemin nouveau,
Pour tromper ce Roi barbare,
Mais par un chemin nouveau,
Ils quittèrent ce hameau.

Autre Noël.

A la venue de Noël
Chacun se doit bien réjouir;
Car c'est un testament nouveau,
Que tout le monde doit tenir.

Quand par son orgueil Lucifer
Dedans l'abîme trébucha,
Nous allions tous en enfer,
Mais le fils de Dieu nous racheta.

En une vierge s'obombra,
Et dans son corps voulut gésir,
La nuit de Noël enfanta,
Sans peine et sans douleurs souffrir.

Incontinent que Dieu fut né,
L'Ange l'alla dire aux Pasteurs,
Lesquels se sont pris à chanter
Un chant qui venait de leur cœur.

Après un beau petit temps,
Trois Rois le vinrent adorer,
Lui apportant myrrhe et encens,
Et or qui est fort à priser.

A Dieu le vinrent présenter;
Et quand ce vint au retourner,
Hérode les fit pourchasser
Trois jours et trois nuits sans cesser.

Une étoile les conduisait,
Qui venait devers l'Orient,
Qui à l'un et l'autre montrait
Le chemin droit à Bethléem.

Nous devons bien certainement
La voie et le chemin tenir,

2*

Car elle nous montre vraiment
Où Notre-Dame doit gésir.

Là virent le doux Jésus-Christ ,
Et la Vierge qui le porta ;
Celui qui tout le monde fit ,
Et les pécheurs ressuscita.

Bien apparu qu'il nous aime ,
Quand à la Croix pour nous fut mis ,
Dieu le Père , qui tout créa ,
Nous donne à la fin Paradis.

Prions-le tous qu'au dernier jour
Quand tout le monde doit finir ,
Nous ne puissions aucun de nous
Nulle peine d'enfer souffrir.

Amen. Noël , Noël , Noël ,
Je ne saurais plus tenir ,
Que je ne chante ce Noël ,
Quand je vois mon Sauveur venir.

Noël sur le chant : *Une jeune fillette dormait.*

Une jeune Pucelle de noble cœur ,
Priant en sa chambrette son Créateur ,
L'Ange du Ciel descendit sur la terre ;
Lui conta le Mystère
De notre Salvateur.

La Pucelle ébahie de cette voix ,
Elle se prit à dire pour cette fois :
Comment pourra s'accomplir telle affaire ?
Car jamais n'eus affaire
A nul homme qui soit.

Ne te soucie , Marie , aucunement ,
Celui qui seigneurie au Firmament ,
Son Saint-Esprit te fera apparaître ,
Dont tu pourras connaître ,

Tout cet enfantement,
 Sans douleur ni sans peine et sans tourment,
Neuf mois seras enceinte de cet enfant,
Et quand viendra à le poser sur terre,
Jésus faut qu'on l'appelle,
Roi surtout triomphant.
 Lors fut tant consolée de ces beaux dits,
Qu'elle s'estimait être en Paradis,
Se soumettant du tout à lui complaire,
Disant : voilà l'Ancelle
Du Sauveur Jésus-Christ.
 Mon âme magnifie Dieu mon Sauveur,
Mon esprit glorifie son Créateur,
Car il a eu égard à son Ancelle ;
Que terre universelle
Lui rende gloire et honneur.

Noël sur l'air : *Où est-il, mon bel ami, reviendra-t-il encore ?*

Où s'en vont ces gais Bergers,
 Ensemble côte à côte ;
Nous allons voir Jésus-Christ
Né dedans une grotte :
Où est-il le petit nouveau-né,
Le verrons-nous encore ?
 Nous allons voir Jésus-Christ
Né dedans une grotte ;
Pour venir avec nous ;
Margot se décrotte : Où est-il, etc.
 Pour venir avec nous,
Margot se décrotte,
Aussi fait la belle Alix,
Qui a troussé sa cotte : Où est-il ? etc.
 Aussi fait la belle Alix,

Qui a troussé sa cotte,
De peur du mauvais chemin,
Craignant qu'on ne la crotte : Où est-il ? etc.
    De peur du mauvais chemin,
Craignant qu'on ne la crotte,
Janneton n'y veut venir ;
Faisant ainsi la sotte : Où est-il ? etc.
    Janneton n'y veut venir,
Faisant ainsi la sotte,
Disant quelle a mal au pied.
Elle veut qu'on la porte : Où est-il ? etc.
    Disant qu'elle a mal au pied,
Elle veut qu'on la porte ;
Robin, en ayant pitié,
A apprêté sa hotte : Où est-il etc.
    Robin en ayant pitié,
A apprêté sa hotte,
Janneton n'y veut entrer,
Voyant bien qu'on se moque : Où est-il ? etc.
Jeaneton n'y veut entrer,
Voyant bien qu'on se moque,
Aime mieux alles à pied
Que de courir la poste : Où est-il ? etc.
    Aime mieux aller à pied,
Que de courir la poste,
Tant ont fait les bons Bergers,
Qu'ils ont vu cette grotte : Où est-il ? etc.
    Tant on fait les bons Bergers,
Qu'ils ont vu cette grotte,
En une Etable où il n'y avait
Ni fenêtre ni porte : Où est-il , etc.
    En une Etable où il n'y avait
Ni fenêtre ni porte ;

Ils sont tous entrés dedans
D'une âme très-dévote : Où est-il ? etc.

    Ils sont tous entrés dedans,
D'une âme très-dévote;
Là ils ont vu le Sauveur
Dessus la chenevotte : Où est-il ? etc.

    Là ils ont vu le Sauveur
Dessus la chenevotte,
Marie est auprès pleurant,
Joseph la reconforte : Où est-il ? etc.

    Marie est auprès pleurant,
Joseph la reconforte,
L'âne et le bœuf respirants,
Chacun d'eux le réchauffe : Où est-il ? etc.

    L'âne et le bœuf respirants,
Chacun d'eux le réchauffe,
Contre le vent fort cuisant,
Lequel souffle de côté : Où est-il ? etc.

    Contre le vent fort cuisant,
Lequel souffle de côté.
Les pasteurs s'agenouillant,
Un chacun d'eux l'adore : Où est-il ? etc.

    Les pasteurs s'agenouillant,
Un chacun d'eux l'adore,
Puis s'en vont riant, dansant,
La courante et la volte : Où est-il ? etc.

    Puis s'en vont riant, dansant,
La courante et la volte;
Prions le doux Jésus-Christ,
Qu'enfin il nous conforte : Où est-il ? etc.

    Prions le doux Jésus-Christ,
Qu'enfin il nous conforte,
Et notre âme au dernier jour,
Dans les Cieux il transporte : Où est-il ? etc.

Noël sur le chant : ***De la fausse trahison.***

Noel, pour l'amour de Marie,
  Nous chanterons joyeusement;
Quand elle porta le fruit de vie,
Ce fut pour notre sauvement.

  Joseph et Marie s'en allèrent
Un soir bien tard en Bethléem,
Ceux qui tenaient hôtellerie,
Ne les prisaient pas grandement.

  Ils s'en allèrent parmi la ville,
D'huis en huis logis quérans,
A l'heure où la Vierge Marie
Etait prête d'avoir enfant.

  S'en allèrent chez un riche homme,
Logis demander humblement,
Et on leur répondit en somme,
Avez-vous chevaux largement.

  Nous avons un bœuf et un âne,
Voyez-les ci-présentement;
Vous ne semblez que truandaille,
Vous ne logerez point céans.

  Ils s'en allèrent chez un autre homme,
Logis demander pour argent,
Et on leur répondit en outre,
Vous ne logerez point céans.

  Joseph si regarda un homme,
Qui l'appela méchant paysan,
Où veux-tu mener cette femme,
Qui n'a pas plus haut de quinze ans?

  Joseph va regarder Marie,
Qui avait le cœur très-dolent,
En lui disant, ma douce amie,
Ne logerons-nous autrement.

J'ai vu là une vieille Étable ;
Logeons-nous-y pour le présent ;
Alors la Vierge aimable
Etait prête d'avoir Enfant.

A minuit, en cette nuitée,
La douce Vierge eut enfant,
Sa robe n'étant point fourrée,
Pour l'envelopper chaudement.

Elle le mit dans une Crêche,
Sur un peu de foin seulement,
Une pierre dessous sa tête,
Pour reposer le Roi puissant.

Très-chers gens, ne vous déplaise,
Si vous vivez si pauvrement,
Si fortune vous est contraire,
Prenez-le tout patiemment.

En souvenance de la Vierge,
Qui prit son logement pauvrement,
En cette Etable découverte,
Qui n'était point fermée devant.

Or prions la Vierge Marie,
Que son Fils veuille supplier,
Qu'il nous doit mener telle vie,
Qu'en Paradis puissions entrer.

Si une fois y pouvions être,
Jamais ne nous faudra plus rien :
Ainsi fut logé notre Maître,
Le doux Jésus en Bethléem.

Autre Noël.

JOSEPH est bien marié,   *bis.*
 A la Fille de Jessé   *bis.*
C'était chose bien nouvelle,
D'être Mère et pucelle,

Dieu y avait opéré,
Joseph est bien marié.

Et quand ce vint au premier,   *bis.*
Que Dieu voulut nous sauver,   *bis.*
Il fit en terre descendre
Son seul Fils Jésus pour prendre
En Marie humanité,
Joseph est bien marié.

Quand Joseph eut aperçu,   *bis.*
Que sa femme avait conçu.   *bis.*
Il ne s'en contenta mie,
Fâché fut contre Marie,
Et s'en voulut en aller,
Joseph est bien marié.

Mais l'Ange lui ayant dit :   *bis.*
Joseph, n'en ayez dépit,   *bis.*
Ta sainte Femme Marie
Est grosse du fruit de vie,
Elle a conçu sans péché,
Joseph est bien marié.

Pense donc bien autrement,   *bis.*
Et approche hardiment,   *bis.*
Car par toute-puissance,
Tu es durant son Enfance
A le servir dédié,
Joseph est bien marié.

Noël en droit minuit,   *bis.*
Elle enfanta Jésus-Christ   *bis.*
Sans peine et sans tourment,
Joseph se soucie grandement
Du cas qui est arrivé,
Joseph est bien marié.

Les Anges y sont venus,   *bis.*

Voir le Rédempteur Jésus,   *bis.*
De très-belle compagnie,
Puis haute voix jolie,
Gloria ils ont chanté,
Joseph est bien marié.

    Les pasteurs ont entendu,   *bis.*
Que le Sauveur est venu,   *bis.*
Ont laissé leur brebiettes,
En chantant de leurs musettes,
Disant que tout est sauvé,
Joseph est bien marié.

    Les trois Rois pareillement,   *bis.*
Ont porté leurs présents,   *bis.*
Or, Encens, Myrrhe
Ont donné au Fils de Marie,
De lui serait grande clarté,
Joseph est bien marié.

    Or, prions dévotement,   *bis.*
De bon cœur très-humblement,   *bis.*
Que paix, joie et bonne vie,
Impêtre Dame Marie,
A notre nécessité,
Joseph est bien marié.

Noël sur l'air: *Les Bourgeois de Chartres.*

ALLONS tous à la Crêche
   Entendre un beau sermon,
C'est le Sauveur qui prêche
Pour notre guérison :
Nous avons tous besoin
D'un Médecin si sage ;
Mais le remède n'est pas bien loin,

Pourvu que nous prenions le soin
D'en faire un bon usage.

Aux Princes.

Puissances de la terre,
Tombez à ses genoux;
Il lance le tonnerre,
Il peut vous perdre tous :
De votre autorité
L'éclat va disparaître;
Vous apprendrez l'humanité,
Vous laisserez votre fierté
Aux pieds de votre Maître.

Aux Prélats.

Puissance de l'Eglise,
Venez à votre tour,
D'une âme très-soumise
Faites-lui votre cour;
Auprès de son berceau
Vous devez vous instruire ;
Pour bien veiller sur un troupeau,
Il faut, de ce Pasteur nouveau,
Apprendre à le conduire.

Aux Gens de qualité.

Vous, de qui la naissance
Fait le mérite entier,
Voyant son indigence,
N'ayez plus l'air altier;
Cherchez en ce recoin
Un Dieu dans la bassesse;
Quoique le Ciel en soit témoin,
Il cache sous un peu de foin
Ses titres de noblesse.

Aux Gens de Justice.

Pour vous, Gens de Justice,

Apprenez de sa voix
Qu'il faut que tout fléchisse
Sous ses suprêmes lois ;
Ne soyez pas si vains,
C'est le dernier refuge :
Le sort du monde est dans ses mains ;
Et peut-être au plus tard demain
Il sera votre Juge.

Aux Riches.

Vous qui , dans l'opulence
Passez des jours si beaux ,
Qui tenez l'indigence
Pour le plus grand des maux;
Vous faites trop de cas
D'un vain éclat qui passe ;
Ce pauvre Enfant vous dit tout bas
Que l'âme ne s'enrichit pas,
A moins d'avoir sa grâce.

Aux Marchands.

Et toi, Marchand avide ,
Tant en gros qu'en détail ,
Pour un profit sordide ,
Toujours dans le travail ,
Tu pourrais faire mieux :
Approche et considère
Que l'Enfant qui naît en ces lieux
Est un Marchand qui vend les Cieux;
O quel marché à faire !

Aux Femmes mondaines.

Pour vous, beautés coquettes
De tout âge et tout rang,
Laissez sur vos toilettes
Et ce rouge et ce blanc;

De votre Créateur
Vous ternissez l'image,
Par le secours d'un art trompeur ;
Pourquoi de ce divin Auteur,
Réformez-vous l'ouvrage ?

A tous.

Pour tous, tant que nous sommes,
Jésus prêche aujourd'hui :
I vient chercher les hommes,
Et peu viennent à lui ;
Nous marchons ici-bas
Dans une nuit profonde,
Il vient pour y dresser nos pas,
Ah ! mais on ne le connaît pas,
C'est le malheur du monde.

Noël sur *l'air* : *N'oubliez pas votre houlette, Lisette, quand vous viendrez au bois.*

Un bruit court dans le voisinage,
        Au village,
Que le Sauveur est né ;
Berger, i nous y faut aller ;
Ah ! quel plus grand avantage !
        Un bruit court, etc.
Accourons voir cet adorable
        Dans l'Étable
Entre deux animaux,
Etendu sur du foin nouveau ;
Cela n'est-il pas pitoyable ?
        Accourons voir, etc.
Il faut porter dans nos malettes,
        Lisette,
De quoi lui présenter ;

Il est du devoir des Bergers ,
De lui faire un présent honnête :
Il faut porter , etc.
De nos moutons la troupe est grande,
Il faut prendre
Le plus beau des agneaux ,
Pour porter à ce Dieu nouveau ;
Un jour il pourra nous le rendre :
De nos moutons , etc.
Les Arges lui chantent des louanges
D'un mélange
Qu'il n'y a rien de plus beau ,
Gloria in excelsis Deo ,
D'une voix qui n'est pas étrange :
Les Anges , etc.

Débat des Fleurs qui veulent couronner Jésus-Christ.

La Rose. **N**otre bon maître
Vient de paraître ,
Notre bon Maître vient en ces lieux ,
Je veux lui donner une couronne ,
Puisqu'il est le Roi des Cieux :
La qualité de Reine qu'on me donne
Veut que je sois la couronne d'un Dieu.
La Tulipe. Comment! tu oses ,
Petite Rose ,
Comment ! tu oses m'oter l'honneur :
Cette autorité souveraine ,
Que tu prends sur chaque fleur ,
N'empêche pas que je n'en sois la Reine;
Ainsi je dois couronner le Sauveur.
L'OEillet. Tu nous méprises;

Quelle sottise !
Tu nous méprises par ta hauteur ;
On sait que ma couleur aimable ,
Jointe avec ma douce odeur ,
Sur toutes les Fleurs me rend agréable ,
Ainsi je dois couronner le Sauveur.

La Couronne Royale. Ta bigarrure
Fait ta parure ,
Ta bigarrure fait ton honneur ;
Mais toute puissance royale
Doit céder à ma splendeur ,
Puisque je suis Couronne Royale,
C'est moi qui dois couronner le Sauveur.

La Violette. Je le mérite ,
Quoique petite ,
Je le mérite, ce grand honneur ;
On voit dans ma petite figure
Comme ce divin Sauveur
S'est fait Enfant , a souffert la froidure ,
Pour des mortels être le Rédempteur.

La Tubéreuse. Que l'on me mette
Dessus sa tête ,
Que l'on me mette, pour ma beauté ,
Que d'un côté ma couleur blanche
Vous fait voir sa pureté ,
Et mon odeur montre comme il épanche
De ses vertus la divine clarté.

Le Jasmin. Quoique je puisse
Avec justice ,
Quoique je puisse le disputer ,
Pour éviter toute querelle ,
Il nous faudra toutes mêler ,
La couronne en sera beaucoup plus belle ;
Unissons-nous , c'est assez disputer.

DIALOGUE DE LA NUIT ET DU JOUR.

Sur l'air : *Sommes-nous pas trop heureux.*

La Nuit. O Jour, ton divin flambeau
Vient de commencer sa carrière,
Mais apprends que sa lumière
N'a maintenant rien de beau,
Sache que mes voiles sombres,
Qui semblent traîner l'effroi,
Ont reçu, malgré les ombres,
Un plus grand honneur que toi.

   Le Jour. Quel est donc ce grand honneur
Qui te donne tant d'audace,
Et qui te fait cette grâce
Où tu fondes ton bonheur ?
As-tu quelque spectacle
Qui se dérobe à mes yeux ?
T'a-t-on fait servir d'obstacle
A mes désirs curieux ?

   La Nuit. Celui qui forma de rien
Toute la machine ronde,
Et qui créa ce grand monde,
Dont lui seul est le soutien,
Est, par un secret Mystère,
Envoyé en ce bas lieu ;
Une Vierge en est la Mère,
Comme il est le fils de Dieu ?

   Le Jour. O Nuit ! explique-toi mieux
Sur cette étrange aventure ;
Quoi ! l'auteur de la nature
Serait-il sorti des Cieux !
Comment me feras-tu croire
Un si grand événement ?

As-tu vu ce Roi de gloire ,
Pour en parler savamment.

La Nuit. Depuis que j'ai commencé
D'étendre mes sombres voiles ,
Et fait briller mes Etoiles ,
Ce prodige s'est passé ;
Une Vierge a mis au monde
Ce monarque glorieux ,
Que le Ciel, la Terre et l'Onde
Exaltent en tous les lieux.

Le Jour. Mais qui te peux assurer
Que se soit ce grand Monarque ;
En as-tu vu quelque marque
Que tu puisses figurer?
Dis sous quel astre propice
Est né ce nouveau Soleil ;
Et donne-moi quelque indice
De ce bonheur sans pareil?

La Nuit. J'ai vu , dans un antre obscur,
Cette Vierge chaste et belle
Allaiter de sa mamelle
Ce fruit si saint et si pur ;
Les pastoureaux et les Anges
Vont, d'un cœur dévotieux ,
Entonner mille louanges
A cet Enfant précieux.

Le Jour. O Nuit ! c'est avec raison
Que tu te crois bienheureuse ;
A ma clarté lumineuse
Tu feras comparaison,
Puisque le souverain Maître
Dont j'emprunte ma clarté ,
Dans ton sein a voulu naître ;
Vante ta félicité.

Noël sur l'air : *Belle Fanchon, en attendant, etc.*

CHASTE Joseph, vous avez de l'ombrage,
  Vous soupçonnez votre Epouse en secret ;
Ne pensez rien à son désavantage,
Croyez toujours qu'elle est Vierge, en effet.

  De votre cœur bannissez toute crainte,
Défaites-vous de ce cruel ennui ;
Du Roi des Cieux votre Epouse est enceinte ;
Mais ce secret n'est réservé qu'à lui.

  Dieu, qui vous voit dans cette erreur étrange,
Qui sait comment vous vous êtes mépris,
Pour vous guérir il vous envoie un Ange,
Qui remettra le calme à votre esprit.

  Vous apprendrez de sa bouche divine,
Que le Très-Haut a des secrets desseins,
Que votre Epouse est celle qu'il destine
Pour mettre au jour le salut des humains.

Noël sur l'air : *Laissez paître vos bêtes.*

UN Dieu brise nos chaînes ;
  Que ferons-nous à notre tour ?
Promettons-lui pour étrennes
Nos cœurs brûlants d'amour.
          Qu'il est charmant,
          Ce tendre Amant !
Faisons lui voir en ce moment
Un amoureux empressement. Un Dieu, etc.
          Peuples et Rois,
          Hôtes des bois,
Unissez-vous tous à la fois,
A nos concerts joignez vos voix. Un Dieu, etc.
          Sacrés Prélats,

Hâtez vos pas ;
Accourez tous, ne tardez pas
A voir un Dieu si plein d'appas. Un Dieu, etc.
Maîtres divers
De l'Univers,
Passez les monts, passez les mers,
Pour voir le vainqueur des Enfers. Un, etc.
Appuis des lois,
Dignes du choix
Que font de vous les plus grands Rois ?
Quittez vos villes pour nos bois. Un Dieu, etc.
Bourgeois, Marchands,
Vous, Artisans,
Venez, tant riches qu'indigents,
Pour seconder nos tendres chants. Un, etc.

Noël sur l'air : *Réveillez-vous, belle endormie.*

Le Rabbin.

JE suis le maître de la grange,
Et c'est à moi qu'elle appartient,
Ainsi je trouve fort étrange
Que sans m'en rien dire on y vient.

Saint Joseph.

Vous paraissez trop raisonnable,
Monsieur, pour ne vous apaiser,
Sachant que jusqu'à votre Étable
Messie veut bien s'abaisser.

Le Rabbin.

Pardon, Monsieur, je vous en prie ;
Excusez mon emportement ;
Mais que dites-vous du Messie,
Et quel est son abaissement ?

Si les promesses ne sont vaines,
Que nous lisons dans notre écrit,
Nous verrons dans peu de semaines
Notre Messie Jésus-Christ.

Mais faites mieux, je vous supplie,
Vu la rigueur de la saison,
Venez, Joseph, venez, Marie,
Avec l'Enfant dans ma maison.

La sainte Vierge.

Notre Loi veut qu'une accouchée
Demeure après l'enfantement
Quarante jours fort enfermée,
Et sans sortir aucunement.

Le Rabbin.

Cette Loi ne fut jamais faite
Pour vous, digne Mère de Dieu,
Non, vous n'y êtes point sujette,
Et vous pouvez quitter ce lieu.

La sainte Vierge.

Comme mon Fils, je dois l'exemple,
Je veux laisser passer ce temps,
Après quoi nous irons au Temple,
Y faire nos pauvres présents.

Le Rabbin.

Mais, Madame, il est impossible
Que vous puissiez rester ici,
Le froid qu'il fait est si sensible,
Que votre Enfant est tout transi.

La sainte Vierge.

Puisqu'à notre nature humaine
Il unit sa Divinité,
Il souffrira bien cette peine
Par un excès de charité ;

Noël sur l'air : *Je ne saurais, etc.*

On dit que dans une Etable,
Par un prodige nouveau,
Dieu s'est fait notre semblable,
Pour nous sauver du tombeau.
Je ne saurais
Voir mon Dieu si misérable,
J'en mourrais.

Quand l'on voit dans l'impuissance
L'Auteur de tout l'Univers,
La sagesse est dans l'enfance,
L'impassible est dans les fers,
Je ne saurais
Voir mon Dieu dans l'indigence,
J'en mourrais.

A peine a-t-il pris naissance,
Que le sang de cet agneau
Coule en très-grande abondance
Sous le tranchant d'un couteau.
Je ne saurais
Voir Jésus dans la souffrance,
J'en mourrais.

FIN.